무릎의 노래

무릎의 노래

문힘시선 029

무릎의 노래

차의갑

도서출판 **문화의힘**

무릎의 노래

나의 결핍과 낭만을 위해 시를 쓴다.

2023년 가을
차의갑

제1부_ 도마의 경전

제2부_ 무릎의 노래

7

제3부_ 소나무의 환상통

제4부_ 거품의 힘

9

무릎의 노래

제1부

도마의 경전

무릎의 노래

도마의 경전

낡고 젖은 도마를 어르고 말리며
줄줄이 패인 상흔의 면면을 읽는다

도마와 칼이 처음 만났을 때
서로는 네모반듯한 얼굴이었다
어쩌다 서슬 퍼런 날 선 성품 만나
난도질당해도 묵묵히 참았다

아랑곳없이 베이고 깎이고 닳은
흔적들은 불변의 신념
시시때때로 단말마의 비명을 지르며
스스로 마음 다지는 소리 듣는다

스륵스륵 제 살을 내어주며
칼로 새긴 경전에 귀 기울여 본다

해장곡曲

엊저녁 독주가
속을 아프게 한다

손에 쥐어진 콩나물
보고 싶지 않은 신문지에
펼쳐 놓고 깔끔한 것만 고른다

암울한 기사 위에서
술술 살아난 4분 음표들
끓는 물 오선에 심고 싶어
경쾌한 리듬으로 엮는다

고춧가루 한 옥타브 올려
음계 따라 지휘봉 휘휘 저으면
이 매운 세상 속 시원한
해장곡曲이 갈채 받겠다

호주머니

호주에서는 캥거루들이
새끼를 주머니에 넣고 다닌다

늦저녁 막노동의 대가를
안주머니 뒤집어 내놓던 아버지

헐렁한 몸뻬 주머니 털어
꼬깃꼬깃한 지전 몇 푼 쥐어주던 어머니

각박한 현실에 빈주머니 되어도
껄껄 웃던 모습 떠오른다

늘 필요했던 호주머니가
수의에는 없다는 것을 뒤늦게 알았다

매미는 울지 않는다

매미들이 동시다발 울어 댄다

슬픔을 가둘 수 있는 눈자위도
맑게 훔칠 수 있는 눈꺼풀도
없다

울음은 눈물로 닦는 통증
빛에 따라 열리는 뜨거운
몸부림이다

매미는 절대 울지 않는다

뿌리의 기교

뿌리는
잠시 생각할 틈도 없이
절벽 틈새에 터전을 잡았다

틈새를 비집으며 완성된
말의 뿌리들

틈의 새로 날아오르듯
보란 듯 살아가는
청청한 몸짓을 보여주었다

바쁘게 사느라
사이가 멀어지거나
틈이 없다고 주절거릴 때

모질고 여린 발기술로
마른 땅에 안착하는
뿌리

봉걸레

대리석이든 시멘트 바닥이든
가리지 않는 마음으로
더러움을 말끔히
닦아 드립니다

면면을 내보이며
부끄럽지 않은 모습으로
오로지 걸레란 이름을
더럽히지 않겠습니다

바닥 구석구석을
훔쳐내며 걸레에 걸맞게
구걸하는 기색 없이 떳떳한
자세로 임하겠습니다

명을 다할 때까지
밑바닥 사랑하며 청결의
길을 고수하여 명예를 지키겠습니다
바닥의 영원한 봉을 위하여

가시연

연못가 탐스러운 가시연꽃

꺾으려다 가시에 찔렸다

손가락에서 핀 시뻘건 가시의 꽃

탐하려다 일침에 가시적 양심을 본다

가시방석에 앉아 세상 이치를 깨달으며

가시밭길 걸어

가시 없는 삶을 찾아간다

가시연에서는

청개구리도 참회하는 중이다

귀의 눈

맹인들은
소리에서 형체와 숨결을 느끼고
농아인들은
사물의 소리를 눈으로 듣는다

때로는 지팡이에 닿는 촉각과 진동으로
형상과 소리를 감지하지만
그들은 음성과 형체만으로도
의사소통을 이룬다

농아들은 언어를 청각화하여
시각으로 듣고
맹인들은 문자를 형상화하여
청각으로 읽는다

그들은 시각을 소리로 읽듯
청각으로 나이테를 그린다
참으로 그들은 보이지 않는
선연한 귀의 눈이 있다

민들레 정류장

이른 봄부터 찾아와

누구를 기다리는가

정류장 한 모퉁이

홀로 앉아 있는 민들레

막차마저 떠나버린

쓸쓸한 정류장

악수

상대의 손이 내 손을 감싸며
손아귀 힘을 느낄 때
위압감을 느낀다

바람을 쥐락펴락 하다가
상대를 옥죄는 넝쿨손처럼
본능의 손엔 눈이 없다

사랑스러운 애완견을 쓰다듬는
눈높이에 강약이 필요하듯
사람에게도 약손과 악손이
존재한다

따뜻한 감각으로 마주 잡는
따스한 감정의 눈이 절실하다

향수

어디선가 물씬 풍겨오는 광야의 향수에
울컥울컥 아득한 핏줄의 기억 떠오른다

우두커니 앉아 있던 퓨마가
문설주 빈틈으로 홀연히 빠져나가고
참을 수 없는 충동의 몸부림에 놀란
속박의 사슬들이 생의 길을 가로막는다
예리한 이빨과 날카로운 발톱으로도
헤쳐 나가기엔 역부족이다
날 선 촉수를 감추고 웅크린 낮은 자세로
별빛조차 등진 운명을 점 친다

마침내,
찰나의 순간에 그가 사살되었다는
한 줄 긴급 문자가 날아든다
어수선한 퇴근길마다
응어리 진한 향수가 떠돈다

독거

혼자 사는 방법을 모르던

그가 독방에 갇혔다

죄의 벌보다 더 무서운 방

독식한 세월을 되뇌인다

몸의 온기가 그리운 벌

바퀴

바퀴벌레와 동침했던 옛날
알고 보면 병 걸리는 충蟲
바퀴 출현으로 화들짝
놀라 잡아채려 했지만
미끄러지듯 빠른 속도가
자동차를 연상케 한다

요즘 차륜은 고급화 되어
미를 추구하며 가볍고
튼튼한 모델로 바뀌고 있지만
바퀴는 변하지 않는
생명력으로 인간을
위협하고 있다

바퀴엔 강력한
제동력이 필수다

노이발사

그의 성이 노 씨인지라
젊었을 때부터 노이발사
어느덧 노년의 시간을 보내며
진짜 노이발사가 된 노이발사
여전한 밥벌이에 자부심이 충만하다

아이들 모두 성장해 목돈 들어갈 일 없고
두 노인네 용돈만 있으면 만족하다면서
여유만만하다
한 때 미용실에게 생업의 위협도 느꼈지만
꾸준히 버텨온 외길에 주위의 부러움을 산다

젊은 층의 실업과
노인 빈곤이 위태로운 요즘
노이발사 얼굴에는
꽃이 활짝 피었다

맷돌 부부

물에 뜬 또 하나 달을 보고
둥글게 둥글게 다듬었던가

돌돌 잘게 부수고 갈아
고운 분말이 되는 기법을
어떻게 알았을까

두부와 녹두전 향수에
맷돌은 사이좋은 부부 되어
생사고락을 함께 한다

동반자란 자부심은
돌덩이 그 자체
일심동체가 된
한 쌍의 맷돌

무릎의 노래

제2부

무릎의 노래

무릎의 노래

길

자동차 시동을 걸면
바빠지는 네비게이션
가야 할 길 안내를 시작하지만
예측불허한 삶의 네비게이션은
어디에도 없다

농부로 살아온 그는 길이 잘 든 황소로
밭갈이와 수레를 끌어가며
그럭저럭 끼니 거르지 않고 지냈지만
자식들 앞길이 걱정되던 어느 날
농사 아닌 다른 길을 선택하라 권했다

그들은 괜찮은 직장에서
제각각 길을 가고 있지만
만족은 없다고 했다

삶은 수십 갈래의 길이 있지만
정도가 너무나 비좁다는 것을
뒤늦게 발견하는 길[道]

무릎의 노래

나는 태초에 나무이거나 바윗돌이기를 거부당한 채
달랑 탯줄에 매달려 자궁의 문을 통과한 몸이다
쭈쭈 쭈쭈 무릎 펴기로 세상의 무게와 맛을 가늠하며
약골 마디마디 사루어 내던 불멸의 담금질
지구의 중력을 견딜 수 있는 힘의 안배와
자유자재로 골격을 변환하는 연금술을 터득하지 못한 채
비루한 노후 차에 일상의 굴레를 싣고 비탈길 오른다
후다닥탁탁 등속조인트*의 비명이 겹에 물린다

울컥덜컥 과부하와 굴곡을 감내하며
누락의 시간을 찾아 길바닥을 내쳐 달리던 자동차
그 무딘 무쇠의 관절도 끝내 주저 앉았다
속수무책 구동을 잃고 머리와 심장을 드러낼
까맣게 탄 자동차의 폐부를 떠올리는 동안
재생 창고에 진열된 등속조인트의 가격이 제시된다
부와 힘의 논리에 무릎 꿇었던 날들
오들오들 오독오독 인공관절에 기대고 마는가

우중우중 뚝뚝 통증의 노래로 쏟아진 여름날이다

* 자동차의 구동축

퇴화진행형

나잇살에 떠밀려
어깻죽지가 뻣뻣하다
침침한 눈 가까스로 버티다가
귓속 어둠까지 들었다

후두둑후두둑
무릎 관절의 마모 소리에
중심마저 흔들리며

앉을 때마다
꼬리뼈에 통증을 느낀다

계묘년 매미

긴 장마에

실컷

울어보지도 못했다

조련사

아침부터 조련사의 잔소리가 시작된다

매일 일찍 일어나 아침체조와
베란다 화분에 물주기를 강요한다
세면 후에 흐트러진 세면도구의
제자리 위치를 손가락으로 가리킨다

식사 때마다 이 맛 저 맛 푸념하지 말고
차려져 있는 대로 먹으라고 훈시한다
언제나 외출복은 스스로 찾아 입으며
필히 속옷은 자주 빨아 입으라고 힘주어 말한다

절대 음주가무는 금하며 아예 설거지와 청소는
벽에 걸린 가훈처럼 눈치껏 실행한다
어쩌다 그녀의 눈밖에 나면
가차 없이 독방에 갇힌다

인기 없는 조련사는 관객이 없으므로

새로운 묘기를 시도하지 않는다

이유 있는 고추벌레

이 험한 세상

안전하고 평온한

매운 고추 속에서 산다

공

공을 품고 있는
마음은 둥글다
둥글다는 것은
원만하다는 것

목적을 달성한 자의
노력과 힘의 결정체
옳고 그름에 동그라미와
가위표로 답할 것이며
공과 사를 분별하는
안목으로 살아가는 것

공은
제 속을 다 비웠기 때문에
가볍게 날아오를 수 있는 것

주름책

삭막한 겨울 바닷가 모래톱은

거친 파도에 떠밀려 생긴 주름,

지하철 경로석에 앉아 있는 얼굴들은

세파에 함몰된 주름살

한 시절도 주름잡지 못한 듯

두 눈 지그시 감고 어디로 가는가

풀죽은 얼굴에서 주름책을 펼쳐 본다

낡은 표지마다 목차와 내용은 다르지만

후미진 다랭이 논밭 같아서

크고 깊은 넓이를 헤아려 본다

어머니의 성

눈감는 순간까지
모정의 끈 놓지 못했다
이름도 성도 불사르고
한 줌의 재로 승화했다

틈이 없다는 이유로
오랜만에 찾아가는 성지
무거운 침묵이 빗발치는
성 앞에서 용서를 빈다

살아생전 못다한 은혜
후회한들 소용없는 일
빛바랜 조화 몇 송이
나를 보고 비웃는다

침울한 납골당 성역을
고개 숙여 참배한다

순서

경기가 호황이든 불황이든
장사 잘되는 집은
번호표 뽑고
긴 줄 서서 차례를 기다린다

병원에서도 순번대로 진료
불평불만 없이
호명에 귀 기울인다

지하철과 버스 정류장에서
줄서기가 일상화된 현상
자연스러운 일이다

순서를 무시하고
추월하고 새치기하는 이가
삶을 가장 빠르게
포기하는 자들이다

술병

술병에도 종류가 많구나

소주병 맥주병 양주병 막걸리병…

어느 날 소주병 넘어뜨리다가

한 모금의 술까지 다 토한 채

여기저기 함부로 나자빠진

술병들

호박을 심다

호박을 심은 뜻은
꽃이 아름다워서가 아니다
호박잎 푹 쪄서 묵은 된장에
쌈 싸 먹는 맛이 제격

꾸물꾸물 궂은 날
칼국수에 애호박 저미어
고명으로 올리면 궁합이
그렇게 딱 맞을 수가 있으랴

거기에 막걸리 한 잔 곁들이면
천하일색 양귀비도 그립지 않고
천석꾼도 부럽지 않다

그날을 위해 호박을 심는다

백지

함박눈이 내어준 백지 위에
총총히 써 내려간
새 발자국 필사체

해독할 수 없는 상형문자
그 깊이에서
삶의 무게를 가늠해 본다

무거운 발걸음으로
외로운 길 터벅터벅
걸어간 흔적

새 발자국 따라가다
내 발자국이
점점 빠져든다

패배의 철학

시골집 공터에
채마밭 만들어 놓고
잡초와 맞대결을 한다

잡초라는 이름에 걸맞게
잡스럽고 억척스런
생태를 보여준다

뽑고 뽑아도 비집고
일어서는 잡초의 투지와
끈기에 무릎 꿇는다

이제부터라도
그들과 공존해야 한다는
패배의 철학을 배운다

갈등

울창한 숲에 들어서면
소슬한 바람 뒤편에서
비명소리가 들린다

서로 어깨를 견주며
번드러운 자태를 보이는 나무들이
칭칭 감긴 칡넝쿨의 소행에
파랗게 질색하고 있다

주렁주렁 꽃송이 매달고
등등한 표정으로
상대를 옥죄며 욕보이는
칡넝쿨의 행태

음침한 숲에서
약탈자의 근성을 본다

도랑창을 보다

길을 가다 삐죽이 열린 도랑창 앞에 섰다

흐려진 창에 비친 청청 하늘 속
거꾸로 서 있는 내 변방의 자리에서
점점이 퍼져 간 개발에 멍든 수심을 보았다

떼 지어 놀던 지느러미 기억들이 수심에 녹아내리고
햇빛 아래 수초와 돌멩이 사이 흐르던 개울 소리
무너진 둑방에 묻혀 잠잠하다

저마다 크고 작은 허방의 깊이에 빠져
침침한 침실의 약속마저 허드레 물거품이 된 듯
거침없이 흘러간 하수구의
구멍구멍마다 오수로 쏟아진 채
부글부글 폐열을 토하고 있는가

부패와 토사의 광란으로 냄새 풍기는 도랑창 너머
토사 뒤집는 포크레인 관절 꺾는 소리
놀라 떼꾼한 창에 어른거리는
빌딩의 이마가 빤질빤질하다

무릎의 노래

제3부

소나무의 **환상통**

무릎의 노래

종

종소리의 규범에 따라
반복되는 일상
시작과 끝을 알리는
경계를 명료하게 분리한다
만물들을 호명하며
소멸과 생성을 전파한다

많은 시간 노예가 되어
살아가는 생의 굴레
첫닭 울음소리가 고대의
새벽을 가름하던 시각이라면
지금은 휴대폰 알람소리가
귓전을 울리고 때린다

팍팍한 나날들
종종 벗어나고 싶다
이제는

밤꽃

밤의 성으로

바람 물결 이는 잎새로

꽃필 때부터

여우 꼬리 흔들며

수상한 향기로

밤을 잉태했다

꼬리

동물들은 사는 방식에 따라
꼬리의 기능이 다양하다

거센 물살 거스르는
물고기는 자기의 힘을 믿는다

나무에 몸을 지탱한
원숭이는 손이 의심스럽다

꼬리치던 그는 한자리
올라앉고 목에 힘주더니
꼬리 감추고 숨었다

꼬리 내린 나는
당신에게 꼭꼭 잡혔다

벌

꽃길을 가다 벌에 쏘였다
벌의 영역을 침범한 죄인가
죄의식 없는 자의 음모인가

내 허물을 뒤돌아 본다
죄와 벌은 악연으로 만나
관계를 왜 부정하지 않는가

죄를 판단하는
벌의 기준이
맹독 뿐이런가

무관심으로 잘해주지 못해
서글픈 고통을 준 죄
욕망과 욕심에 곁눈질하던
그때 그 속앓이의 죄

과연 어떤 벌인가

벌침 한방에 지은 죄

다 털어놓고

벌벌 떨고 있다

다리

그들이 탱고 선율 따라
부에노스아이레스 여인의
다리에 주목할 때

다른 그들도 아름다움을
추구하며 웅장하고 조형미
넘치는 가교를 설치했다

물개와 올챙이를 보면서
다리인지 지느러미인지
탈바꿈인지 진화인지
설명이 필요했다

다리는 무게를 지탱하는
중요한 지지대지만

짝을 이루어 움직일 때
완전한 다리가 되는 것이다

달걀 프라이

늦은 저녁 잡다한 생각에
독작獨酌을 생각한다

달걀 프라이 한 접시
앞에 놓고 창밖을 본다

서산 위에 앉아 있는 달
접시에 담긴 프라이

나를 보고 혀를 찰 때
손 모아 기도하는
둥근 벽시계는
그대 얼굴이던가

차마 지울 수 없어
깡술만 마신다

핀잔

배알도 없이 핍박이 낭자한 방에서
핀잔으로 말의 독주를 마신다
톡톡 쏘는 술의 가시가 목에 걸린다

짜르르 전신을 타고 오른 독기
불쑥불쑥 솟아오른 핏줄의 힘으로
험한 길 채직하던 말발굽 소리

잃어버린 시간을 헤집는 막다른 벌판에서
붉은 야생에 핀잔이 깨어 진다
와르르 바람에 노래 들렸거늘

제 스스로
길들지 못한 말들이
달려 나간다

옥수수

보채는 아이 업고

애타던 울엄마 같아요

소나무의 환상통

민둥산 넘어 솔숲에서
남몰래 베어온 청솔가지로
군불 지피던 시절

땔감 없던 처지
반복되는 벌거숭이 역사는
대안 없이 구호에만 그친
산림녹화의 허상

밀가루 옥수수가루 배급으로
낮에는 묘목 심고
밤에는 벌목하는 악순환 시대

마침내 연탄이 보급되고
벌거숭이는 푸른 옷을 걸치기 시작했다

지금도 솔숲에 서면

그때의 아픈 옹이가 보인다

보리밥

꽁보리 찬밥 물에 말아
날된장에 풋고추 찍어 먹던 시절
보리밥은 허기를 채우기 위한
필연적 끼니였다

도구통에 보리쌀을 갈고 씻어
부드럽게 지으려는 어머니의 정성도
찰기 없는 식감에 냉대받았다

세상이 변해 건강식으로
신분 상승했다지만
숟가락 뜨다 말고
울컥 달려드는 가난의 냄새

*도구통 : 절구통

유전자

그렇게
살지 않겠노라
다짐했는데
돌아보니
똑같이 살았구나

천렵

농경사회에서
산업사회로 변화하면서
개인주의로 탈바꿈한 공동체

예전엔 동네 사람들과
흉허물없이 어우러져
여름 더위에는 물가에 모여
어죽도 끓여 먹고 지냈지만
이젠 노년층만 남아
끊겨 버린 명맥
나이 들면 시골에서
여유 있게 살고 싶지만
여건은 빈약하다

더 늦기 전
그들과 뒤엉켜 살고 싶구나

손수레

자질구레한 물건들
가득 싣고 가는 노인

물건의 종류만큼
사연도 다양하겠다

변화하는 생활고에
일선으로 내몰린 것인가

열심히 살아가는 그이의
치열함인가 고해인가

잰걸음 따라가는
수레도 수행을 한다

저 굽은 등과 허리가
바퀴의 원형이다

텃새

이사 오던 날
앞 뜨락에서 까치가
낯선 새 몰아내고
나를 보며
마구 짖어댄다

성게나무

지난해 시골집 공터에
밤나무 묘목을 심었다

주말에 찾아가 보았더니
이름 모를 파란 어린 성게
몇 개 달려 있다
쓰다듬어 보았지만
부드러운 가시가
관념의 감성을 찌른다

올가을 성숙한 성게 몇 개
껍질 벗겨 모닥불에
노릇노릇 구워 놓고
당신과 밤을 만끽하고 싶다

무릎의 노래

제4부

거품의 힘

무릎의 노래

모깃불

마당 둥근 멍석에 둘러앉아
이야기꽃 피우던 밤

쑥 연기 피워 손부채질로
모기를 쫓아내시었던 할머니
노란 쟁반 위에
잘 익은 수박을 잘라주실 때
서산에 달이 기울었다

이 밤 어둠 속에서
빛을 발하는 할머니의 별
쑥향을 머금고 있다

허리띠

나라 잃은 설움과 전쟁의
폐허에서 살아남은 자의
고통은 오히려 당연하다는 것

허리띠 졸라매고 살았기에
현재가 존재하지만
차라리 죽음을 달라고
기도해보았지만
삶은 기도대로 되지 않았단다

어렵고 힘든 굶주림에
허덕이던 세월에 후회는
없지만 아쉬움이 많았단다

언제 한번
줄 선 새 바지 명품 벨트

느슨하게 매고 거리를 활보하고 싶다던

어느 선배의 말

지금도 쟁쟁하다

수수

허구한 날 금품 수수하여
안일하게 살려던 그들을
수수비로 쓸어버려야 한다는
분분한 여론

사탕수수가 경제를 흔들 때
그들에게 노역을 착취당한
수많은 자들의 자자한 원성

부를 축적한 그들이 사치와
낭비의 벽을 넘나들 때
수수하게 사는 모습이
참 아름다웠다

지위가 높아진 그들은
모든 일에 수수방관하다가
문제가 야기되면
남의 탓으로 돌리는 경향이
많다는 설이다

수수하게 사는 것이
정도라는 것을 깨닫는
생애의 어느 오후

제비

강남 제비를 보았다는
풍문이 자자할 때
그들은 길조라 믿으며
흠모의 눈길을 던졌다

제비초리가 있는 그녀는
삼짇날엔 수제비를 끓였다

텃세로 변신한 제비들이
회귀의 본능을 저버린 채
텃새의 이름을 실추시켰다

이제 오염과 남용으로
호숫가에서 바라보던
물 찬 제비의 낭만이
새삼 아쉽구나

대밭 역

우주 행 대열차가 있다기에

대밭 역에 갔네

죽죽 늘어선 텅 빈 열차들

눈썹들만 모아 싣고

언제 떠날지 모른다네

폐선

포구 외진 모퉁이
배를 드러내고 누워 있다

치부를 내보이는 것은
수치를 망각한 사명
거친 물살 가르던 서슬
이마의 칼날은 녹슬어 허하다

만선의 기백마저 주름진
갯벌에 묻어 놓았다
흔들고 어루만지기에는
너무 늦은 시간의 공백
늙은 갈매기 홀로 앉아
조문하고 있다

간간이 불어오는 갯바람에
온몸 검게 타고 있다

친구

이제

자네는 평안하겠네

근심 걱정 모두

내려놓았으니

투명한 벽

마지막 순간을 유리벽
앞에서 지켜 본다

절규와 아우성이 들리지 않는
가로막힌 장벽
바람벽을 뚫고 날아가는
새들이 힘겹게 날갯짓을 한다

물고기가 물의 벽을 헤치며
꼬리를 힘차게 흔들고 있다

벽은 스스로 인내와 노력으로
허물 수 있지만
영원한 절벽이 되기도 한다

거품의 힘

하루 일을 마치고 손을 닦는데 느닷없이 손가락이 경련한다 애써 보듬고 주무르다 쥐어본 주먹, 손은 마음과 내통하면서 몸에서 가장 으뜸인 자동 집게였다 그 집게로 쥐도 새도 모르게 밑도 닦았다 하루에 몇 번씩 밥그릇 숟가락 잡고 생을 논하다 욕보기 일쑤였다 때로는 마음의 교감을 느끼며 악수하고 평생 사랑하겠다고 서약도 했지만 깨진 사기그릇에 물 붓기 부지기수였다 얼마나 많은 날, 스스럼없이 애무하고 욱지르고 뿌리쳤던가 쾌락과 정직의 평행선을 긋다가 지웠다 더듬고 다듬다가 부패된 손바닥 뒤집기를 일삼았다 그것, 간수 못해 망신살에 쪽박까지 들었다 검고 포악한 손목 다루지 못해 쇠 팔찌 차기도 했다 열손가락 뚫어지게 보고 또 들여다봐도 잘한 것 하나 없는 손, 비누거품 잔뜩 발라 싹싹 빌며 닦았다 하얀 거품 벅벅 쥐어짜 죄다 풀어 놓았다

어버이 나무

저승꽃 피운 낡은 나무 한 그루
화분에 옮겨 심고 어버이 나무라고 이름 지었네

언제부터인가 망각의 그림자 깔고 앉은 나무
느닷없는 서리 바람 불어올까 조아려
외진 방 한구석에 정성껏 모셔 놓았네

겁 없던 푸르디푸른 날
접가지 뚝 잘라 보내며 잘 살라고 하였거늘
기어이 가슴을 놓치고 말았네
헛바람에 말문 닫히고 기억 놓아버린 나무

아무리 온몸 추스르고 부추겨 보아도
먼 산 바라보다가 스스로 떨구는 잎새
외려 시름 잃어 편안해 보이는 어버이나무

한꺼번에 주저앉아 말라간
금방이라도 번쩍 일어나 마른가지 뚝 꺾어
종아리 매 맞고, 빌고 싶네

굽이굽이 살펴

어루만지고 있었네

창고 정리

시간의 파편들이 널브러져 쌓인 창고를 정리한다
촉이 부러진 연필과 누렇게 색 바랜 원고지
이름도 케이스도 없는 버린 듯한 자기테이프와
무심한 바람에 몇 페이지 넘겨진 누런 시집들

생각마저 어지러운 외진 창고 앞에 섰다
불현듯, 지나온 날들을 들추어내자
더께진 타성의 먼지가 풀풀 날아올랐다

창문을 열어젖히고 낡은 먼지를 털어낸다
뒤죽박죽 꼬여 갈피를 찾지 못한 알 테이프들,
생의 굴레에 친친 감으며 누락된 기록들을 재생해 본다

푸른 언덕에 올라 하늘을 우러르던 세월 너머
희미한 등잔불 밑에서 쪼르륵대던
창자의 노래가 들린다

낯선 객지를 표류하던 낡은 영상들
차곡차곡 앞뒤를 찾는
시간의 창고를 서성거렸다

노치원

백발들이 모여

소꼽놀이를 하고 있다

해사한 늦깎이 어린이들

손주 같은 선생님 앞에서

재롱떠는 노치원생들

나이조차 잃어버린

백지白紙의 시간

독방의 시간

혼자 사는 방법을 터득하지 못한
그가 독방에 갇혔다
죄의 벌보다 더 무서운
외로움과 추위에 떨어야 했다
그들과 함께 있을 때
몰랐던 온정을 절실하게 느꼈다
몸의 온기가 온정이 된다는 것을
뒤늦게 독방에서 깨달았다
종종 신체를 단련하며
추위를 다스리던 그는
순간순간 교화에 순응하는 듯
독식에 후회를 독백하며
점점 온정으로 변하는
독방의 시간을 삭이고 있다

단풍

간밤 뚝 떨어진 기온으로
울그락 불그락 질색한 표정
쓸쓸하게 아름다운 계절에
잎새로 거두어들인 갈무리
저녁 기슭에
검버섯으로 얼룩진 얼굴
혼절하며 생사를 버무려 놓은
황혼의 아련한 빛깔들

도시의 참새

시골 젊은이들이 도회지로 떠날 때

약삭빠른 참새들도 따라 나섰다

서로 서둘러 도회지로 거처를 옮기고

한적한 뒷골목과 공원을 배회하다가

아스팔트 바닥을 쪼며 다닌다

아직도 이집 저집 눈칫밥 먹으며

옥탑방 난간에 간신히 둥지 틀었다

앙상한 몸 가누는

경색된 날개의 파동을 본다

무릎의 노래

물아일체의 시적 자아와 의미의 형상화

김윤환(시인, 문학평론가, 서울사이버대학교 문예창작과 교수)

무릎의 노래

물아일체의 시적 자아와 의미의 형상화
- 차의갑의 시세계

김윤환_ 시인, 문학평론가

1.

인간은 신神의 모사模寫 형상을 가지고 있다. 그로 인하여 자유 의지와 창조 능력을 가지며 문화를 창조하고 도덕적 책임이 있는 존재로 보는 것이다. 그러나 자연 세계의 모든 사물들은 이미 그 형상과 본질에서 신의 뜻이 깃들어 있고, 그것을 발견하고 누리는 과정이 바로 예술이고 문화이며 시의 탄생이라고 할 수 있다.

시문학의 사조思潮는 역사적으로 순환 반복해 왔다. 그동안 현대시는 몽환적이고 다차원의 정신세계를 그리며 다양한 시의 조류를 형성해 왔다. 그러나 현대시의 새로운 도전은 때때로 독자로부터 난해를 넘어 난독을 불러일으키는 부작용으로 인해 결국 독자들의 기피가 있었고, 그 반동反動으로 다시 과거의 관념을 중언부언하거나 사변적인 넋두리로 추락하는 시의 퇴보도 있어 왔다.

장자莊子는 일체의 감각과 사유 활동을 정지한 채 좌망坐忘하여, 사물의 변화에 임하면, 절대 평등의 경지에 있는 도道가 빈 마음속에 모이게 되는 상태를 '물아일체物我一體'라고 가르

치고 있다

　20세기의 미국 시인 로웰(Robert Lowell)은 이미지즘 시운동에서 시적 강령 6개항을 이렇게 주장했다. "정확한 일상적 언어의 사용하고 새로운 감정에 맞는 새로운 운율을 만드며 자유로운 제재의 선택하라는 것이었다. 또한 구체적이고 정확한 표현과 견고하고 명료한 시창작을 위해 대상에의 집중을 요구하"는 것이 사물시에 대한 구체적 대안이 된 것이다. 다시 말해 시의 대상에 대해 통일성 있는 이미지의 형상화를 위한 시어를 선택하고 시적 풍경을 구사하라는 것이다. 그러나 시는 과잉된 표현주의로 독자에게 혼란을 주었던 시창작 자세를 비판하며 현실 세계의 문제를 직접적 진단하고 사유하는 리얼리즘 시가 등장하게 된 것이다. 이렇듯 현대시에 대한 번민이 많은 시대에 움직이지 않는 사물에 시인의 영감이 집중하여 물아일체의 시를 쓰는 차의갑 시인의 시를 만나게 되었다.

　2.

　시집 『무릎의 노래』에 수록된 작품의 제목을 일별해 보면 대체로 사물을 소재로 하는 시가 대다수를 차지함을 알 수 있다. 먼저 무생물로서 사물을 소재로 한 시의 제목은 개략 "호주머니, 봉걸레, 바퀴, 맷돌, 길, 공, 주름책, 백지, 종, 술병, 다리, 손수레, 허리띠, 대밭역, 폐선, 투명한 벽, 거품의 힘, 창고 정리, 독방의 시간, 도랑창을 보다" 등이 있고, 생물로서 사물을 소재한 시는 "고추벌레, 매미, 뿌리, 호박, 밤꽃, 꼬리, 수수, 소나무, 보리밥, 성게나무, 단풍, 도시의 참새" 등이 있다. 이로써 차의갑 시의 전개는 사물에 대하여 시인의 영감이 집중하여 물아일체의 시를 새로운 이미지즘으로 해석해내는 의미의 형상화를 이루고 있다.

차 시인의 이번 시집은 마치 릴케(Rainer Maria Rilke)의 사물시집 『신시집』(1907년)의 신세대 버전처럼 익숙한 듯 새롭게 읽혔다. 릴케는 낭만적이며 종교적인 시를 쓰다가 조각가 로댕(A.Rodin)과 만나 주관적 영감에 의지해야 하는 불안한 자신의 작업과는 달리 가시적인 조각의 세계에서 새로움 깨달음을 갖게 되었다. 이후 릴케는 언어에 조각과 같은 조형성을 부여하고자 노력했다. 릴케는 사물에 대해 인내심을 가지고 사랑으로 집중하여 사유함으로서 사물의 마음을 열고 그 본질을 파악하고자 하였다.

그러나 이것 역시 근본적으로는 시적 자아의 주관에 의한 산물들임을 어쩔 수 없었다. 릴케의 영향을 받은 한국의 시인으로는 김춘수의 초기시가 그러하다. 그런데 이번 차의갑 시인의 시편 상당수가 이러한 사물시의 한계를 넘는 발전 모델을 보여주고 있어 주목해 읽어 보았다.

차의갑 시에서 서정성이 배제되거나 사물의 의인화 같은 작위적 문장은 보이지 않는다. 시의 본질이자 원형이라고 할 수 있는 서정抒情을 바탕으로 사물의 형상화를 통해 사람의 풍경을 읽기는 독창성이 이번 시집 전편에 흐르고 있다.

3.

먼저 시「맷돌 부부」를 통해 맷돌이라는 사물이 어떻게 부부의 시로 형상화되는지 살펴보자.

물에 뜬 또 하나 달을 보고
둥글게 둥글게 다듬었던가

돌돌 잘게 부수고 갈아
고운 분말이 되는 기법을
어떻게 알았을까

두부와 녹두전 향수에
맷돌은 사이좋은 부부 되어
생사고락을 함께 한다

동반자란 자부심은
돌덩이 그 자체
일심동체가 된
한 쌍의 맷돌

- 시「맷돌 부부」전부

맷돌은 윗돌과 아랫돌이 만나 각 돌의 중심에 구멍을 내고 그 속에 갈아야 할 콩이나 서리태를 넣어 돌려서 껍질을 까고

가루를 내어 하얀 제 색깔의 분말을 만든다. 시인은 그것이 마치 부부가 윗돌 아랫돌로 만나 서로의 살점을 부비며 영혼의 양식을 만드는 사랑의 맷돌로 아주 자연스럽게 형상화 시키고 있다.

'돌돌 잘게 부수고 갈아/ 고운 분말이 되는 기법'을 맷돌에게서 배우고 서로의 몸을 부비며 거친 세월을 갈아 넣는 맷돌처럼 '사이좋은 부부 되어/ 생사고락을 함께' 하는 것으로 묘사하고 있다. 한 치의 이질감 없이 사물에 시의 체온을 담아 공감을 불러 일으키고 있는 것이다. '두부와 녹두전 향수에/ 맷돌은 사이좋은 부부 되어/ 생사고락을 함께' 하도록 이끌어내는 사물의 속성을 시로 형상화해내는 것이 차의갑 시의 특징이라고 할 수 있다. 즉 사물의 소재를 감성의 도구로 삼아 독자로부터 새로운 공감을 확장해내는 시인의 역할에 집중되어 있음을 알 수 있다.

4.

다시 한 편의 살아있는 사물인 「가시연」을 통해 상처받으며 피는 것을 형상화한 생애의 노래를 감상해보자.

연못가 탐스러운 가시연꽃

꺾으려다 가시에 찔렸다

손가락에서 핀 시뻘건 가시의 꽃

탐하려다 일침에 가시적 양심을 본다

가시방석에 앉아 세상 이치를 깨달으며

가시밭길 걸어

가시 없는 삶을 찾아간다

가시연에서는

청개구리도 참회하는 중이다

- 시 「가시연」 전부

가시연꽃의 특징을 시로 형상화할 때 핵심 시어는 당연히 '가시'다. 가시는 상처와 불가근不可近의 경계와, 아름답지만 그저 안락하지 않은 세상의 풍속도가 담겨 있다. 시인의 눈에 발견된 사물들은 그것이 생물이건 광물이건 생활의 도구이건 인생에 대한 여일如一한 연민이 담겨 있다.

담벼락에 핀 장미나. 연못 위에 핀 가시연이나. 아름다움을 떠받치고 있는 것은 가시다. 자신을 보호하려고 함께 피운 가시연의 꽃잎 아래 가시는 우리들의 생애에 핀 한낮의 꽃과도 닮아 있다. 꺾으려다 가시에 찔리는 일이나 탐하려다 양심이 찔리는 일이 마치 가시방석에 앉아 세상의 이치를 깨닫는 것과 같음을 시 「가시연」을 통해 말하고 있다. 시인의 시적 자아는 마침내 '가시밭길 걸어/ 가시 없는 삶을 찾아'가는 아이러니를 발견하고 '가시연에서는 청개구리도 참회하는' 것을 통해 우리들의 생애에도 가시밭길과 상처를 주고받는 섭리를 통해 참회의 장면을 보여준다. 이처럼 시인은 가시연의 사물적 속성이 자연스럽게 시로 전이轉移되어 시인과 독자가 한 공간에서 한 장면을 바라보게 한다.

5.

고소설 용어에 '책비'와 '책쾌'라는 말이 있다. '책비'가 책을 읽어 주는 여자라면 '책쾌'는 책을 파는 남자다. '책쾌'는 '책거간꾼', 혹은 '책주름'으로 부르기도 했다. 시인이 선택한 소재에 다소 생경한 사물인 '책주름'이 등장하지만 이는 인생의 주름책이자 시간의 주름책으로 읽게 된다.

삭막한 겨울 바닷가 모래톱은

거친 파도에 떠밀려 생긴 주름

지하철 경로석에 앉아 있는 얼굴들은

세파에 합몰된 주름 살

한 시절도 주름잡지 못한 듯

두 눈 지그시 감고 어디로 가는가

풀죽은 얼굴에서 주름책을 펼쳐 본다

낡은 표지마다 목차와 내용은 다르지만

후미진 다랭이 논밭 같아서

크고 깊은 넓이를 헤아려 본다

- 시 「주름책」

　시인이 시간이라는 펜으로 스케치한 주름책이 인생이라는 한 권의 책으로 형상화된 풍경이다. 시인이 그린 사물시 중 가장 촘촘히 묘사된 시가 「주름책」이었다. '모래톱'이 생애의 파도에 떠밀려 생긴 주름으로, '지하철 경로석'의 주름살과 '후미진 다랭이 논밭'이 인생의 낡은 표지로 표현되는 사물 형상화라는 일관성 있는 표현이 종절에서는 '크고 넓이를 헤아려' 보게 되는 인생의 주름책으로 갈무리되어 시적 의미가 더욱 깊어지게 한다.
　이처럼 시인의 시詩 신경계는 사물을 부동不動의 광물로 보는 것이 아니라 응시하는 순간 몰아일체의 시적 영감이 되고 시의 원천이 되고 있음을 볼 수 있다. 움직이지 않는 사물에 역동적 인생 풍경을 담아내는 역설이 차의갑 시에서 상당히 구체적으로 표현되고 있다.

6.

차의갑 시인의 시는 무기물이 유기물로 살아나고, 광물이 생물이 되며, 부동의 사물이 역동적 사유思惟가 되는 반전과 점층의 문장으로 이루어져 있다. 시 「거품의 힘」은 밥그릇(사기그릇)과 숟가락이라는 사물을 중심에 두고 마음의 역동성을 거품으로 표현해낸 작품이다.

하루 일을 마치고 손을 닦는데 느닷없이 손가락이 경련한다 애써 보듬고 주무르다 쥐어본 주먹, 손은 마음과 내통하면서 몸에서 가장 으뜸인 자동 집게였다 그 집게로 쥐도 새도 모르게 밑도 닦았다 하루에 몇 번씩 밥그릇 숟가락 잡고 생을 논하다 욕보기 일쑤였다 때로는 마음의 교감을 느끼며 악수하고 평생 사랑하겠다고 서약도 했지만 깨진 사기그릇에 물 붓기 부지기수였다 얼마나 많은 날, 스스럼없이 애무하고 욱지르고 뿌리쳤던가 쾌락과 정직의 평행선을 긋다가 지웠다 더듬고 다듬다가 부패된 손바닥 뒤집기를 일삼았다 그것, 간수 못해 망신살에 쪽박까지 들었다 검고 포악한 손목 다루지 못해 쇠 팔찌 차기도 했다 열손가락 뚫어지게 보고 또 들여다봐도 잘한 것 하나 없는 손, 비누거품 잔뜩 발라 싹싹 빌며 닦았다 하얀 거품 벅벅 쥐어짜 죄다 풀어 놓았다

- 시 「거품의 힘」 전부

103

일상 가운데 거대 담론과 지엽적인 것들에 대한 감정 찌꺼기들의 혼재를 비누 거품으로 깨끗이 씻는 듯하지만 결국 '밥그릇'이나 '숟가락'을 붙잡고 '격렬한 인생을 논하다 욕보기 일쑤'라는 자책이 있다.

또한 사랑의 서약을 마치 '깨진 사기그릇'에 물 붓듯 하는 우매함을 시로 진술한 시인은 '쾌락과 정직의 평행선을 긋다가 지웠다 더듬고 다듬다가 부패 된 손바닥(을) 뒤집기'하는 인생의 제한성을 드러내고 있는 것이다.

시인은 이 모든 것을 '거품'이라고 보고 그것이 또한 생애를 밀고 가는 힘이라고 노래한다. 즉 동원한 사물과 감정의 언어들은 곧 내면의 감정을 씻는 비누 거품이 되고, 그러한 오염과 씻음의 반복에서 삶의 새출발이 가능함을 보여주는 것이다. 시인은 감정의 비누로서 거품이 필요한 상황을 발견하고 그것으로 삶의 아픔을 부드럽게 덮어주는 과정을 주문呪文하는 치유의 제사장이 되기도 하다.

7.

오늘날 '도시'는 이미 인간화의 사막을 암시하는 문학적 코드가 되었다. 자연과 더불어 상생하던 문화에서 빠르고 세련된 문화로 이동하는 인류의 문명은 시인이 사는 마을에도 어김없이 찾아왔다. 시 「도시의 참새」는 도시라는 상징적 사물에 오랫동안 날개를 깃들지 못하는 인간 철새를 상징하는 '참새'를 통해 디아스포라가 된 오늘의 세대에 대한 연민을 노래하고 있다.

시골 젊은이들이 도회지로 떠날 때

약삭빠른 참새들도 따라 나섰다

서로 서둘러 도회지로 거처를 옮기고

한적한 뒷골목과 공원을 배회하다가

아스팔트 바닥을 쪼며 다닌다

아직도 이집 저집 눈칫밥 먹으며

옥탑방 난간에 간신히 둥지 틀었다

앙상한 몸 가누는

경색된 날개의 파동을 본다

　　　　　　　　　　　　 - 시 「도시의 참새」 전부

　도시화에 떠밀려 고향을 떠난 참새(젊은이)는 결국 그곳에 깃들지 못하고 도시의 한적한 뒷골목이나 공원, 또는 옥탑방 등 변빙을 떠돌나 난산에 걸터앉아 '경색된 날개의 파동'을 고향으로 보내는 오늘의 세태를 '도시와 참새'에 투영해 보여주고 있다.

이렇듯 차의갑 사물시의 특징은 시인이 영적 혹은 형이상학적 언어로만 말하는 것이 아니라, 사물을 오랫동안 응시하면 그 사물에 깃든 시대의 현상과 시인의 영적 몸부림을 함께 보게 한다는 것이다. '도시'에서 배회는 '아스팔트의 마른 바닥'을 만나게 되고, 참새에게서는 난간의 위태로움과 눈칫밥의 번민을 만나게 된다.

시인은 어쩌면 도시로 떠난 참새보다 도시화를 쫓다가 비어 버린 고향을 아파하는지 모르겠다. 소멸된 고향에는 잡초만 무성할 텐데 고향 참새들은 그 쓸쓸함을 무엇으로 달랠까, 문득 도시 참새가 된 독자가 돌이켜 생각하게 되는 시편이다.

8.

일상어가 시가 되는 지점은 결국 일상 밖의 풍경, 혹은 인간 내면이나 상상의 풍경이 언어로 펼쳐지는 순간이다. 시 「대밭역」은 이번 시집에서 일상 밖의 풍경을 가장 몽환적으로 그린 작품이다.

우주행 대열차가 있다기에

대밭역에 갔네

죽죽 늘어선 텅 빈 열차들

눈썹들만 모아 싣고

언제 떠날지 모른다네

- 시 「대밭역」 전부

시인이 상상한 '대밭역'은 이상을 꿈꾸며 희망의 열차에 오른 인생들에게 실상 희망은 몸통이 없고 높은 곳만 쳐다보던 눈썹만이 둥둥 떠 있는 시간 열차를 상상하게 한다. 하지만 좀 더 깊이 읽다 보면 차의갑의 시는 시적 대상인 사물을 던져 놓고 독자가 스스로 거울이 되어 사물에 자신을 비춰보길 유도한다.

사물을 통해 제 영혼에 비친 풍경은 세상이 담지 못하는 대우주의 몽환적 풍경을 유영遊泳하는 것이며, 규격화된 일상과 분리된 영혼을 상징하는 '눈썹의 허무한 모습'을 만나게 해 준다.

차의갑 시인의 이번 시집이 보여준 사물시에 대한 전반적인 시적 이미지와 메시지는 시 「도마의 경전」이 정리하여 보여주는 듯하다.

낡고 젖은 도마를 어르고 말리며

줄줄이 패인 상흔의 면면을 읽는다

도마와 칼이 처음 만났을 때
서로는 네모반듯한 얼굴이었다
어쩌다 서슬 퍼런 날 선 성품 만나
난도질 당해도 묵묵히 참았다

아랑곳없이 베이고 깎이고 닳은
흔적들은 불변의 신념
시시때때로 단말마의 비명을 지르며
스스로 마음 다지는 소리 듣는다

스륵스륵 제 살을 내어주며
칼로 새긴 경전에 귀 기울여 본다

- 시 「도마의 경전」

이 시가 잠깐 성경 속 예수의 제자 도마를 떠오르게 하는
것은 '경전'이라는 단어가 있기 때문이었으리라. 하지만 이 시
의 도마는 그야말로 무생물의 사물로서 도마다. 주방의 도구
인 도마가 갖는 속성을 시적 형상미로 표현될 때 어떠한 생경
함도 없이 묘사된 것은 시인의 사물에 대한 깊이 있는 상상을
경유했기 때문이리라.

'낡고 젖은 도마'를 통해 '패인 상흔의 면면을 읽는' 화자의
상념은 인생 가운데 만나는 관계에 대한 회상이기도 하다. 마
치 '도마와 칼이 처음 만났을 때'는 서로 '반듯한 얼굴'이었으

나 '날 선 성품'으로 '난도질 당'하지만 '베이고 깎이고 닳은 흔적'들은 오히려 '불변의 신념'이 되고, 때때로 '비명을 지르며' 대상에게서 마음 다지는 소리로 듣기도 한다. 서로의 애증愛憎이 쌓이면서 '제 살을 내어주며 칼로 새긴' 흔적이 남은 생애에 경전이 되는 것을 깨닫게 해주는 시편이다.

9.

19세기 후반 러시아의 문예평론가였던 '벨린스키'(Vissarion Grigorievich Belinskii)는 "철학자는 삼단논법으로 이야기하고, 시인은 형상이나 그림으로 이야기한다."라고 말한 바 있다. 형상이나 그림으로 얘기한다는 것은 예술적으로 완성된 작품 속에 작자의 사상이 나와 있음을 의미한다.

사실 시인이 특정 사물을 통해 시적 형상화를 이룬다고 본래의 창작 의도가 완전하게 구현되는 것은 아니다. 무의식중에 쓴 문장에서도 예술성이 인정되는 경우도 있으므로 형상적 사유가 시인의 의식으로만 출발하는 것은 아니라는 것이다. 다만 시인이 응시한 사물을 무형無形의 내적 이미지로 재창조함으로써 독자로 하여금 형상미를 통한 내적 사유를 향유하도록 돕는 것이 차의갑 시의 메커니즘이라고 할 수 있다.

세상과 함께 울어주는 것이 시의 길이라면 차의갑 시인의 울음은 아직도 끝나지 않았다. 그는 자신의 단시短詩 「계묘년 매미」에서 '긴 장마에 실컷 울어보지도 못했다'고 노래하고 있기 때문이다. 세상 사물에 대한 시인의 그윽한 시선은 쉬 멈추지 않을 것이므로 앞으로도 그의 눈길을 따라 인생의 새로운 거울이자 삶의 본질을 깨닫는 경전이 되는 시를 계속 내어놓을 것을 기대해 마지않는다.

부족하나마 시집 해설을 갈무리하며 사물을 매개로 시인과 독자가 하나의 경전을 읽게 되는 표제시 「무릎의 노래」를 다시 소리 내어 읽는다

무릎의 노래

나는 태초에 나무이거나 바윗돌이기를 거부당한 채
달랑 탯줄에 매달려 자궁의 문을 통과한 몸이다
쭈쭈 쭈쭈 무릎 펴기로 세상의 무게와 맛을 가늠하며
약골 마디마디 사루어 내던 불멸의 담금질
지구의 중력을 견딜 수 있는 힘의 안배와
자유자재로 골격을 변환하는 연금술을 터득하지 못한 채
비루한 노후 차에 일상의 굴레를 싣고 비탈길 오른다
후다닥탁탁 등속조인트의 비명이 겁에 물린다

울컥덜컥 과부하와 굴곡을 감내하며
누락의 시간을 찾아 길바닥을 내쳐 달리던 자동차
그 무딘 무쇠의 관절도 끝내 주저앉았다
속수무책 구동을 잃고 머리와 심장을 드러낼
까맣게 탄 자동차의 폐부를 떠올리는 동안

재생 창고에 진열된 등속 조인트의 가격이 제시된다
부와 힘의 논리에 무릎 꿇었던 날들
오들오들 오독오독 인공관절에 기대고 마는가

우중우중 뚝뚝 통증의 노래로 쏟아진 여름날이다

문힘시선 029

무릎의 노래

발행일 2023년 10월 30일

지은이 차의갑
펴낸이 이순옥

펴낸곳 도서출판 문화의힘
       등록 364-0000117
       주소 대전광역시 동구 대전천북로 30-2(1층)
       전화 042-633-6537
       전송 0505-489-6537

ISBN 979-11-984312-4-0
2023 ⓒ차의갑
저자와 협의로 인지는 생략합니다.

* 본 도서는 세종시문화관광재단의 후원으로 발간되었습니다.

값 11,000원